Collection de M. R. V.

TABLEAUX MODERNES

PARIS — 1894

PARIS — IMPRIMERIE GEORGES PETIT
12, RUE GODOT-DE-MAUROI, 12

CATALOGUE

DE

Tableaux Modernes

PAR

BELLANGÉ, BENJAMIN CONSTANT, BONNAT, BOUDIN, J. BROWN
CHAPLIN, FEYEN-PERRIN, FORTUNY, CH. JACQUE
J.-P. LAURENS, PALIZZI, PELOUSE, RIBOT, ROYBET, ALF. STEVENS
VEYRASSAT, VOLLON, ZIEM, ETC.

COMPOSANT

LA COLLECTION DE M. R. V.

ET DONT LA VENTE AURA LIEU

HOTEL DROUOT, SALLE N° 1

Le Vendredi 22 Juin 1894, à 2 heures

Mᵉ PAUL CHEVALLIER
COMMISSAIRE-PRISEUR
10, Rue de la Grange-Batelière

M. GEORGES PETIT
EXPERT
Rue Godot-de-Mauroi, 12

EXPOSITIONS

PARTICULIÈRE : Le Mercredi 20 Juin
PUBLIQUE : Le Jeudi 21 Juin
DE 1 H. 1/2 A 5 H. 1/2

Le présent Catalogue servira de Carte d'entrée à l'Exposition particulière.

CONDITIONS DE LA VENTE

Elle sera faite au comptant.

Les acquéreurs paieront cinq pour cent en sus des enchères.

Désignation

TABLEAUX MODERNES

ALLÈGRE

1 — *Le Pont-Neuf.*

Signé à droite.

Panneau. Haut., 33 cent.; larg., 41 cent.

APPIAN

2 — *Aux Martigues.*

Signé à gauche.

Toile. Haut., 30 cent.; larg., 55 cent.

ARUS

3 — *Troupes anglaises.*

Signé à droite.

Panneau. Haut., 27 cent. ; larg., 35 cent.

BELLANGÉ (Hippolyte)

4 — *Grenadiers en marche.*

Signé à gauche.

Toile. Haut., 54 cent. ; larg., 46 cent.

BELLEI

5 — *Tête de femme.*

Signé en haut, à gauche.

Toile. Haut., 36 cent. ; larg., 26 cent.

BÉNASSIT

6 — *Le Prisonnier.*

Signé à gauche.

Panneau. Haut., 33 cent. ; larg., 24 cent.

BÉNASSIT

7 — *Dragons dans la neige.*

Signé à gauche.

Panneau. Haut., 41 cent.; larg., 33 cent.

BERCHÈRE

8 — *Sur la Côte du Maroc.*

Signé à droite.

Panneau. Haut., 41 cent.; larg., 33 cent.

BONNAT

9 — *Italienne.*

Signé des initiales.

Toile. Haut., 73 cent.; larg., 49 cent.

BONNEFOY (Henri)

10 — *La Moisson.*

Signé à droite.

Panneau. Haut., 27 cent.; larg., 40 cent.

BOUDIN

11 — *Port de mer.*

Signé à gauche.

Panneau. Haut., 33 cent.; larg., 41 cent.

BOUDIN

12 — *Sur la Plage.*

Signé à droite.

Panneau. Haut., 26 cent.; larg., 48 cent.

BOULANGER (Gustave)

13 — *Tête de Femme.*

Signé à gauche.

Toile. Haut., 54 cent.; larg., 42 cent.

BOUTIGNY

14 — *Prisonnier.*

Signé à gauche.

Toile. Haut., 81 cent.; larg., 59 cent.

BROWN (John-Levis)

15 — *Officier et son escorte.*

Signé à droite.

Toile. Haut., 61 cent.; larg., 41 cent.

BROWN (John-Levis)

16 — *Cavalier.*

Signé à droite.

Panneau. Haut., 33 cent.; larg., 24 cent.

BROWN (John-Levis)

17 — *Dragon.*

Signé à droite.

Panneau. Haut., 33 cent.; larg., 24 cent.

BROWN (John-Levis)

18 — *Le Pesage.*

Signé à droite.

Panneau. Haut., 24 cent.; larg., 19 cent.

BRUZZI

19 — *Bergère et Moutons.*

Signé à gauche.

Toile. Haut., 42 cent.; larg., 97 cent.

CABAILLOT-LASSALLE

20 — *Le Goûter.*

Signé à droite.

Panneau. Haut., 41 cent.; larg., 32 cent.

CALA DE MOYA

21 — *Campement arabe.*

Signé à droite.

Panneau. Haut., 38 cent.; larg., 55 cent.

CALAMATTA

22 — *Assomption de la Vierge.*

Signé à droite.

Toile, forme ovale. Haut., 140 cent.; larg., 103 cent.

CALLCOTT

23 — *Bateaux de pêche, côtes de France.*

Signé à gauche.

Toile. Haut., 76 cent.; larg., 127 cent.

CALLCOTT

24 — *Bateaux, à marée basse.*

Signé à gauche.

Toile. Haut., 45 cent.; larg., 81 cent.

CALLCOTT

25 — *Navires entrant dans le port.*

Signé à gauche.

Toile. Haut., 45 cent.; larg., 81 cent.

CAPDEVIELLE

26 — *Italienne assise.*

Signé à droite.

Toile. Haut., 65 cent.; larg., 47 cent.

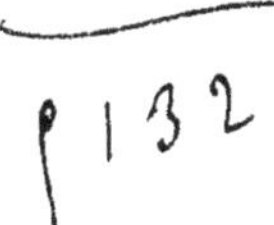

CHAPLIN

27 — *Tête de jeune fille.*

Signé à droite.

Toile. Haut., 55 cent.; larg., 38 cent.

CHAPLIN

28 — *Jeunes Femmes endormies.*

Signé à gauche.

Toile. Haut., 30 cent.; larg., 43 cent.

CHARLET (F.)

29 — *Marocain en reconnaissance.*

Signé à droite.

Toile. Haut., 53 cent.; larg., 73 cent.

CHARLET (F.)

30 — *Intérieur marocain.*

Signé à gauche.

Toile. Haut., 74 cent.; larg., 54 cent.

CLAUDE (Eug.)

31 — *Pêches et Raisins.*

Signé à droite.

Toile. Haut., 50 cent.; larg., 61 cent.

COCCETTI

32 — *Fumeur.*

Signé à gauche.

Toile. Haut., 60 cent.; larg., 45 cent.

CONSTANT (Benjamin)

33 — *L'Odalisque.*

Toile. Haut., 73 cent. ; larg., 60 cent.

CORMON

34 — *L'Enlèvement.*

Signé à droite.

Panneau. Haut., 32 cent.; larg., 41 cent.

CORTÈS

35 — *Le Gué.*

Signé à droite.

Toile. Haut., 49 cent.; larg., 65 cent.

COURBET (G.)

36 — *La Vague.*

Signé à gauche.

Toile. Haut., 80 cent.; larg., 101 cent.

DAMERON

37 — *Bords de rivière.*

Signé à droite.

Toile. Haut., 27 cent.; larg., 40 cent.

DAUBIGNY (Charles)

38 — *Les Foins.*

Signé à gauche.

Panneau. Haut., 14 cent.; larg., 25 cent.

DELPY (H.-C.)

39 — *Paysan breton.*

Signé à droite.

Panneau. Haut., 23 cent.; larg., 17 cent.

DIAQUE

40 — *Marchande de fleurs.*

Signé à droite.

Panneau. Haut., 27 cent.; larg., 21 cent.

ERNST

41 — *Le Marchand juif.*

Signé à droite.

Panneau. Haut., 61 cent.; larg., 50 cent.

FEYEN-PERRIN

42 — *Le Duel.*

Signé à gauche.

Panneau. Haut., 32 cent.; larg., 40 cent.

FEYEN-PERRIN

43 — *Étude.*

Signé à droite.

Toile. Haut., 87 cent.; larg., 46 cent.

FLEURY (Jules)

44 — *Pâturage, au bord de la mer.*

Signé à droite.

Toile. Haut., 39 cent.; larg., 63 cent.

FLEURY (Jules)

45 — *Les Saltimbanques.*

Signé à droite.

Toile. Haut., 54 cent.; larg., 86 cent.

FONTANA

46 — *Tête de femme.*

Signé à gauche.

Toile. Haut., 48 cent.; larg., 37 cent.

FONTANA

47 — *Femme tenant un livre.*

Signé à droite.

Toile. Haut., 77 cent.; larg., 55 cent.

FORTUNY

48 — *La Procession.*

Portant le cachet de la vente, à gauche.

Toile. Haut., 63 cent.; larg., 102 cent.

FORTUNY

49 — *Jeune Femme, à la fontaine.*

Aquarelle.

FUENTE (de la)

50 — *Paysage.*

Signé à droite.

Panneau. Haut., 22 cent.; larg., 33 cent.

GAGLIARDINI

51 — *Pêcheurs, sur la plage.*

Signé à droite.

Panneau. Haut., 46 cent.; larg., 55 cent.

GATHAY

52 — *Le Bureau du sergent-major.*

Signé à gauche.

Panneau. Haut., 33 cent.; larg., 41 cent.

GEGERFELDT

53 — *Paysage, effet de neige.*

Signé à gauche.

Toile. Haut., 97 cent.; larg., 60 cent.

GELLI

54 — *La Déclaration.*

Signé à gauche.

Panneau. Haut., 26 cent.; larg., 41 cent.

GELLI

55 — *Bureur.*

Signé à droite.

Panneau. Haut., 30 cent.; larg., 22 cent.

GIBBON

56 — *Vaches, au pâturage.*

Signé à droite.

Toile. Haut., 38 cent.; larg., 56 cent.

GRIMELUND

57 — *Port de mer.*

Signé à gauche.

Toile. Haut., 46 cent.; larg., 65 cent.

GROLLERON

58 — *Pierrot.*

Signé à gauche.

Toile. Haut., 41 cent.; larg., 32 cent.

GROLLERON

59 — *Le Nègre.*

Signé à gauche.

Toile. Haut., 41 cent.; larg., 32 cent.

GUILLEMIN

60 — *Retour de la pêche.*

Signé à droite.

Panneau. Haut., 25 cent.; larg., 35 cent.

HENNER

61 — *Tête de jeune femme.*

Signé en haut, à droite.

Panneau. Haut., 27 cent.; larg., 22 cent.

HEYWOOD

62 — *Moutons.*

Signé à droite.

Toile. Haut., 93 cent.; larg., 73 cent.

JACQUE (Charles)

63 — *Berger et son troupeau.*

Signé à gauche.

Toile. Haut., 81 cent.; larg., 1 mètre.

JACQUE (Charles)

64 — *Bergerie.*

Signé à gauche.

Toile. Haut., 46 cent.; larg., 68 cent.

JACQUE (Charles)

65 — *Le Poulailler.*

Signé à gauche.

Toile. Haut., 46 cent.; larg., 68 cent.

JACQUE (Charles)

66 — *Bergère ramenant son troupeau.*

Signé à droite.

Panneau. Haut., 31 cent.; larg., 46 cent.

JANTYIK

67 — *Vases de fleurs.*

Signé à gauche.

Toile. Haut., 81 cent. ; larg., 65 cent.

JORET

68 — *Nature morte.*

Signé à gauche.

Toile. Haut., 65 cent. ; larg., 81 cent.

KAVEL (Martin)

69 — *Nature morte.*

Signé à droite.

Panneau. Haut., 61 cent. ; larg., 49 cent.

LAFON (François)

70 — *Pêcheurs sur le sable.*

Signé à gauche.

Toile. Haut., 81 cent. ; larg., 55 cent.

LAURENS (J.-P.)

71 — *Le Grand Inquisiteur.*

Signé à droite.

Toile. Haut., 37 cent. ; larg., 43 cent.

LAURENS (J.-P.)

72 — *Cardinal.*

Signé du monogramme, à gauche.

Toile. Haut., 61 cent.; larg., 50 cent.

LAURENT

73 — *Pêcheuses.*

Signé à droite.

Toile. Haut., 65 cent.; larg., 92 cent.

LAURENT

74 — *Pêcheuses, raccommodant leurs filets.*

Signé à droite.

Toile. Haut., 65 cent.; larg., 92 cent.

LESREL

75 — *Chez l'Armurier.*

Signé à droite.

Panneau. Haut., 55 cent.; larg., 46 cent.

LUMINAIS

76 — *La Chasse au sanglier.*

Signé à gauche.

Toile. Haut., 54 cent.; larg., 65 cent.

LUMINAIS

77 — *Chasseur mérovingien.*

Signé à gauche.

Panneau. Haut., 55 cent.; larg., 46 cent.

MARCHETTI

78 — *Le Porte-étendard.*

Signé à droite.

Toile. Haut., 55 cent.; larg., 46 cent.

MARTINO (de)

79 — *Vapeur, en pleine mer.*

Signé à droite.

Toile. Haut., 85 cent.; larg., 131 cent.

MÉLIN

80 — *Chiens courants.*

Signé à gauche.

Toile. Haut., 22 cent.; larg., 27 cent.

MICHETTI

81 — *La Petite Bergère.*

Signé en haut, à droite.

Toile. Haut., 40 cent.; larg., 71 cent.

MUNKACZY

82 — *Le Chanteur.*

Signé en haut, à droite.

Panneau. Haut., 65 cent.; larg., 53 cent.

NITTIS (de)

83 — *Femme voilée.*

Signé à droite.

Toile. Haut., 53 cent.; larg., 41 cent.

OLIVE

84 — *Bords de la Méditerranée.*

Signé à droite.

Toile. Haut., 61 cent.; larg., 73 cent.

PALIZZI

85 — *Bergère et Moutons.*

Signé à droite.

Toile. Haut., 38 cent.; larg., 56 cent.

PALIZZI

86 — *Cheval de trait.*

Signé à gauche.

Panneau. Haut., 27 cent.; larg., 40 cent.

PALIZZI

87 — *Animaux, au pâturage.*

Signé à gauche.

Toile. Haut., 50 cent.; larg., 65 cent.

PALMAROLI

88 — *Promenade au bord de la mer.*

Signé à droite.

Panneau. Haut., 54 cent.; larg., 80 cent.

PELOUSE

89 — *L'Entrée de Marlotte.*

Signé à droite.

Toile. Haut. 46 cent.; larg., 65 cent.

PENNE (de)

90 — *Chiens griffons.*

Signé à droite.

Panneau. Haut., 36 cent.; larg., 27 cent.

PENNE (de)

91 — *Chiens courants.*

Signé à droite.

Panneau. Haut., 36 cent.; larg., 27 cent.

PEZANT

92 — *Vaches, au pâturage.*

Signé à droite.

Toile. Haut., 38 cent.; larg., 55 cent.

PLASENT (G.)

93 — *La Sortie du bal.*

Signé à droite.

Toile. Haut., 65 cent., larg., 51 cent.

RIBOT (E.)

94 — *Étude.*

Signé à droite.

Toile. Haut., 38 cent.; larg., 46 cent.

RIBOT (E.)

95 — *La Conférence.*

Signé à droite.

Toile. Haut., 104 cent.; larg., 90 cent.

RICHET (Léon)

96 — *Chaumière.*

Signé à droite.

Toile. Haut., 27 cent.; larg., 35 cent.

ROBERT-FLEURY (Tony)

97 — *Jupiter et Léda.*

Signé à gauche.

Panneau. Haut., 34 cent.; larg., 25 cent.

ROSALBIN

98 — *Vénus et l'Amour.*

Signé à gauche.

Panneau. Haut., 33 cent.; larg., 24 cent.

ROUSSEAU (Philippe)

99 — *Cigogne.*

Signé à gauche.

Panneau. Haut., 25 cent.; larg., 17 cent.

ROYBET

100 — *Un Reître.*

Signé à droite.

Panneau. Haut., 53 cent.; larg., 39 cent.

ROZIER (Dominique)

101 — *Pichet et Fruits.*

Signé à gauche.

Toile. Haut., 54 cent.; larg., 65 cent.

ROZIER (Dominique)

102 — *Canard et Lapin.*

Signé à gauche.

Toile. Haut., 54 cent.; larg., 65 cent.

SCUTA

103 — *La Terrasse.*

Signé à droite.

Toile. Haut., 36 cent.; larg., 78 cent.

STEINHARDT

104 — *Paysan hongrois.*

Signé à gauche.

Toile. Haut., 46 cent.; larg., 38 cent.

STEINHARDT

105 — *Le Satyre.*

Signé à gauche.

Toile. Haut., 41 cent.; larg., 27 cent.

STEVENS (Alfred)

106 — *Biarritz.*

Signé à gauche.

Toile. Haut., 73 cent.; larg., 60 cent.

STEVENS (Alfred)

107 — *L'Orage.*

Signé à droite.

Panneau. Haut., 35 cent.; larg., 27 cent.

STEWART

108 — *Farniente.*

Signé à droite.

Panneau. Haut., 81 cent.; larg., 100 cent.

THOMPSON

109 — *L'Abreuvoir aux moutons.*

Signé à gauche.

Toile. Haut., 81 cent.; larg., 118 cent.

TROYON

110 — *Moutons. Étude.*

Panneau portant le cachet de la vente. Haut., 34 cent.; larg., 36 cent.

TUSQUETS

111 — *Femme algérienne, à la fontaine.*

Signé à gauche.

Toile. Haut., 152 cent.; larg., 100 cent.

TUSQUETS

112 — *Entrée d'une forteresse.*

Signé à droite.

Toile. Haut., 76 cent.; larg., 50 cent.

VERNIER

113 — *Bateaux de pêche.*

Signé à droite.

Toile. Haut., 41 cent.; larg., 54 cent.

VEYRASSAT

114 — *La Moisson.*

Signé à droite.

Toile. Haut., 30 cent.; larg., 42 cent.

VILLAMIS

115 — *Sur la Terrasse.*

Signé à droite.

Toile. Haut., 40 cent.; larg., 62 cent.

VILLEGAS

116 — *Tambourinaire.*

Signé à droite.

Panneau. Haut., 35 cent.; larg., 24 cent.

VILLEGAS

117 — *Le Colin-Maillard.*

Signé à droite.

Panneau. Haut., 38 cent.; larg., 26 cent.

VOLLON (Antoine)

118 — *Aiguière et fruits.*

Signé à gauche.

Toile. Haut., 60 cent.; larg., 73 cent.

VOLLON (Antoine)

119 — *Paysage.*

Signé à gauche.

Toile. Haut., 61 cent.; larg., 50 cent.

VUILLEFROY (de)

120 — *Vaches, dans une mare.*

Signé à droite.

Toile. Haut., 38 cent.; larg., 55 cent.

VUILLEFROY (de)

121 — *Vaches, au pâturage.*

Signé à droite.

Toile. Haut., 38 cent.; larg., 55 cent.

VUILLEFROY (de)

122 — *Marché aux bestiaux.*

Signé à droite.

Toile. Haut., 41 cent.; larg., 55 cent.

WASHINGTON

123 — *Arabes en voyage.*

Signé à gauche.

Toile. Haut., 73 cent. ; larg., 92 cent.

WASHINGTON

124 — *Arabes en reconnaissance.*

Signé à gauche.

Toile. Haut., 33 cent. ; larg., 46 cent.

WEBB

125 — *Cerfs, sur la montagne.*

Signé à gauche.

Toile. Haut., 79 cent. ; larg., 125 cent.

YVON

126 — *Trompette de cuirassiers.*

Signé à droite.

Panneau. Haut., 36 cent. ; larg., 27 cent.

56537

ZIEM

127 — *Venise.* Ziem moderne

2.600 Signé à gauche. tout en 1er plan!

Toile. Haut., 69 cent.; larg., 54 cent.

ZIEM

128 — *La Promenade en gondole.*

810 Signé à gauche. 1.500

Panneau. Haut., 33 cent.; larg., 52 cent.

Ziem moderne

lourd, mou, fantaisiste

59.947

Paris. — Imprimerie Georges Petit, 12, rue Godot-de-Mauroi. — 839-94

www.ingramcontent.com/pod-product-compliance
Ingram Content Group UK Ltd.
Pitfield, Milton Keynes, MK11 3LW, UK
UKHW022002260726
13994UKWH00004B/1904